L'INCENDIE,

POËME,

L'INCENDIE,

POËME,

SUIVI

D'UNE ÉPITRE A M. LEMIERRE

Sur son Poëme de la Peinture.

Par M. l'Abbé DE MALESPINE.

A PARIS,

Chez LAURENT PRAULT, Libraire, à la Source
des Sciences, au coin de la rue Gît-le-Cœur.

M. DCC. LXX.

L'INCENDIE.
POËME.

Quæque ipfe miferrima vidi.
Æneid. Lib. II.

SECRET agent des corps , auteur du mouvement,
Ame de la matiere, immortel élément,
Toi fait pour conferver, toi créé pour produire,
Feu, vie univerfelle, eft-ce à toi de détruire?
Fléau fur les mortels trop fouvent déchaîné,
Dois-tu diffoudre un jour ce globe infortuné?
Et nous préfentes-tu les effets de ta rage
Comme un figne effrayant de ton dernier ravage?

Jadis chez le Romain ton culte fut cruel ;
Vefta vengeant ta flâme éteinte à fon autel
Fit defcendre au tombeau la Prêtreffe vivante,
Multipliant la mort par l'horreur de l'attente.

A

Rome entiere embrâsée, & tombant sous tes dards,
Récréa de Néron les féroces regards.
Ainsi du Fanatisme & de la Tyrannie
Tu servis tour à tour le barbare génie ;
Formidable en tout tems au monde intimidé,
Egalement funeste, éteint ou débordé.

L'Indien près du toit que la flâme dévore
Croise ses bras oisifs, se prosterne, & t'adore ;
Loin de verser des eaux les secours renaissans,
Sa main tremblante s'ouvre & te nourrit d'encens.
On t'a vu des palais précipiter la chûte ;
Et le cédre & le chaume, & le Temple & la hutte,
Tout s'embrâsa par toi ; ta flâme consuma
Burgos, Londres, Byfance, & Lisbonne & Lima.

Tandis que le sommeil, de pavots les mains pleines,
Aux humains fatigués porte l'oubli des peines,
Dans l'ombre de la nuit d'où part cette lueur ?
Elle s'étend au loin, l'ombre ajoûte à l'horreur.
J'entends déjà le bruit de cette ardente grêle,
Au fluide de l'air le salpêtre se mêle ;
Je les respire ensemble : ô désastre ! ô fureur !
Citoyens, loin de nous une lâche terreur ;

L'homme se doit à l'homme en ce péril extrême.

Marchons à la lueur de la flâme elle-même ;

Suivez mes pas ; heurtons par des flots élancés

De ces lames de feu les tranchants émoussés ;

Hors des tubes dans l'air que l'onde jaillissante

Atteigne sur ces toits la flâme dévorante ;

Amis, espérons tout .... notre effort sert nos vœux,

La flâme s'amortit, l'onde absorbe les feux :

Le malheur dure encor, mais l'effroi diminue,

L'espérance descend sur la foule éperdue ;

De cet embrâsement l'habitant trop voisin

Du feu qui le gagnoit voit rompre le chemin ....

Ciel ! le feu reparoît du sein de la fumée,

Il s'échappe plus vif d'une poutre enflâmée ;

Il roule, il se déploye, il éclate à nos yeux,

Du nouveau choc de l'onde il sort victorieux ;

Il entre dans les corps, il se cherche, il s'attire :

Ses atômes brûlants étendent son empire ;

Par sa voracité sans cesse reproduit,

Il est tout ce qu'il touche & tout ce qu'il détruit.

Sur les aîles des vents qui soufflent la tempête

Déjà de nos palais il surmonte le faîte ;

Ce coloffe brûlant élevé jufqu'aux Cieux,
Unit fa tête altiere à la foudre des Dieux;
Il defcend, il remonte, il s'unit, fe difperfe,
Il entoure, il pénétre, il ébranle, il renverfe;
Tout fert fa violence ou céde à fes efforts;
Il diffout les métaux, engloutit les tréfors.
Des tréfors!.. & je pleure!.. eft-ce un préfent fi rare?
Des tréfors!.. infenfé!.. laiffons pleurer l'avare.
Ce guerrier que le plomb atteint dans les combats
Pleure-t-il fa cuiraffe alors qu'il perd fon bras?
Pleurons fur les humains que le malheur accable;
Le vrai tréfor c'eft l'homme, & l'or n'eft que du fable.

Elément redouté, n'eft-ce donc point affez
De ces débris ardens l'un fur l'autre entaffés?
De lamentables voix nos Palais retentiffent;
Aux cris de la douleur mes entrailles frémiffent...!
Infortunés humains, victimes des fléaux!
Ah! la pitié s'épuife à l afpect de vos maux.

Le peuple vole au Temple, il fe preffe aux portiques;
Conjure par des vœux les miferes publiques;
Il léve en vain les yeux, les mains vers l'Eternel,
Le fecours imploré ne defcend point du Ciel.

Le Ciel s'offenfe-t-il de ces larmes qui coulent ?
Sur ce peuple éperdu , Dieu ! les voûtes s'écroulent ;
Le Temple eft un abyme où tant de malheureux
Périffent écrafés fous la pierre & les feux.

Le foldat dans la tour par la flâme inveftie ,
Voit du pofte qu'il garde approcher l'incendie ;
Il mefure de l'œil la hauteur du creneau ,
S'élance , & par fa chûte il creufe fon tombeau.
La flâme infatiable en fes nouveaux ravages
Efface & reproduit ces horribles images :
Freres , amis , époux , vieillards , Prêtres , Guerriers ,
Tout périt englouti dans ces vaftes brafiers ;
La cendre fe durcit du fang de ces victimes.

Je vois un jeune enfant au bord de tant d'abymes ...
Hélas! pour le fauver qui bravera la mort ?
Le feu touche au berceau ! dans ce défaftre il dort !
O prodige! o nature ! une femme !.. elle eft mere ...
Vers le gouffre brûlant elle court la premiere ;
Elle faifit fon fils , l'emporte entre fes bras ,
Repaffe dans la flâme & l'arrache au trépas.

Il femble que le feu fi conftant dans fa rage
Atendoit pour céder cet effort de courage ;

Il s'éteint par degrés, & privé d'aliments,
Il meurt enseveli sous des débris fumants.

Ah ! pour nous consoler parmi tant de ruines,
Feu, quels sont les bienfaits qu'aux humains tu des-
　　　tines ?
Ami de la nature, imite son Auteur ;
Comme lui, de ce monde invisible moteur,
Sois par-tout répandu, régénére, féconde,
Vis au vague des airs, dans la roche & dans l'onde ;
Ranime en nos guérets la séve des moissons,
Tempére en nos hivers l'âpreté des glaçons ;
Porte au sein de ce globe où ta chaleur circule
Cette ardeur qui réchauffe, & non le trait qui brûle,
Sois ce ferment salubre enfermé dans nos corps,
Qui consume l'humeur sans briser les ressorts.

Mais si dans l'univers tu dois par intervalle
Déployer de tes traits la puissance fatale,
Retourne pour jamais à ces gouffres profonds,
Où remuant encor la cendre des Typhons,
Par les fougueux élans d'une épaisse fumée
Tu menaces de loin la Sicile allarmée,
Et laisses le loisir aux Citoyens tremblants
De s'éloigner d'un Ciel & d'un terrein brûlants.

F I N.

ÉPITRE
A M. LEMIERRE,

SUR SON POËME DE LA PEINTURE.

DANS ce réduit, afyle heureux du Sage,
Où les neuf Sœurs ont fixé mon deftin,
Où fur des ais légers & par étage
Tous leurs tréfors font placés fous ma main,
J'ai vu percer un rayon de ta gloire.
La Déité qui dans tout l'univers
Sert de courriere aux Filles de mémoire,
M'eft apparue ; elle annonçoit tes vers,
Elle portoit ton immortel ouvrage
Dans une main, dans l'autre ton image.
Ah, ce tableau ton ami l'eut tracé !
Des rameaux verds du Laurier dramatique
Tu paroiffois le front entrelacé,

Tenant en main le sceptre didactique ,
Et vers le Ciel ton œil étoit fixé.

Je le relis ce sublime Poëme :
Quel feu divin! quels chants & quels tableaux !
Ce n'est point l'art, c'est la nature même ;
Elle a conduit tes magiques pinceaux.
Je crois errer dans ce Lycée immense ,
Sous ces lambris consacrés aux beaux-Arts ,
Où la peinture étale à nos regards
Et sa féerie & sa magnificence.
Oui dans tes chants, dans tes vers créateurs
Où chaque image est jointe à l'harmonie ,
De la Peinture & de la Poésie
Tout à la fois ma main cueille les fleurs.

Dans ses travaux tu diriges l'Artiste :
Instruit par toi, mais sur-tout enflammé ,
Il prend l'essor ; ce n'est plus un copiste ,
C'est du génie un mortel animé ;

Un beau tranfport échauffe fa Minerve ;

Sur le tiffu tout refpire , tout vit ;

Dans tes leçons il a puifé la verve ,

L'image parle & la figure agit.

Légiflateur de la docte Peinture ;

Que le Poëte entende auffi ta voix ;

Puifqu'il eft né pour peindre la nature ;

Que fon crayon deffine fous tes loix.

Viens, ô L E M I E R R E ! embellir mes tablettes,

Viens m'enrichir de ton nouveau tréfor :

Pope & Rouffeau t'ont remis leurs palettes ;

De leurs couleurs je vois l'heureux accord.

Tu trouveras Winckelman près d'Horace ;

Repofe , ami , fur le même rayon.

'A fon côté Defpréaux te fait place ;

Le fatyrique admire ton crayon.

Quelles clameurs ! N entends-je pas l'envie ;

Les cris aigus de ces petits auteurs,

Ecrivains froids, mais ardents détracteurs;

Remplis de fiel & de monotonie?

Ils font jaloux! font-ils donc tes rivaux?

Telles jadis on vit d'autres harpies

Perçant fous terre en de facrés enclos

Egratigner de leurs griffes impies

De LESUEUR les fublimes tableaux.

O toi, pourfuis, foutiens ton vol rapide;

Sans daigner voir le reptile odieux,

Ce vil ferpent dont l'haleine homicide

N'infecte point l'air qu'on refpire aux Cieux.

F I N.

Lu & approuvé le 20 Janvier 1770. MARIN.

Vu l'Approbation, permis d'imp. ce 31 Janv. 1770.
DE SARTINE.